Moulik et le voilier des sables

Moulik et le voilier des sables

SUSANNE JULIEN

Illustrations
ROXANE PARADIS

Données de catalogage avant publication (Canada)

Julien, Susanne

Moulik et le voilier des sables

(Collection Libellule)
Pour les jeunes.

ISBN: 2-7625-4048-8

I. Titre. II. Collection.

PS8569.U477M689 1994   jC843'.54 C94-940109-9
PS9569.U477M689 1994
PZ23.J84Mo 1994

Conception graphique de la couverture: Bouvry Designers Inc.
Illustrations couverture et intérieures: Roxane Paradis

Édition originale: © Les éditions Héritage inc. 1990
Réédition: © Les éditions Héritage inc. 1994
Tous droits réservés

Dépôts légaux: 1er trimestre 1994
Bibliothèque nationale du Québec
Bibliothèque nationale du Canada

ISBN: 2-7625-4048-8   Imprimé au Canada

LES ÉDITIONS HÉRITAGE INC.
300, Aran, Saint-Lambert (Québec) J4R 1K5
(514) 875-0327

Les vieux objets inutiles

Depuis six mois déjà, Moulik habite au palais avec son oncle Ali-Boulouf, le grand argentier. Le jeune garçon n'a jamais été aussi heureux. Après la classe, il passe beaucoup de temps à s'amuser dans les immenses jardins du calife. Il a la permission de jouer partout où il veut dans ce magnifique parc.

Aujourd'hui, il a invité ses deux

meilleurs amis à un pique-nique:
Kazouk, la fille du chef des gardes
et Égal, le fils du professeur de
mathématiques. Assis par terre
dans un petit pavillon au fond du
jardin, ils savourent un plateau de
fruits juteux et délicieux: melons,
dattes, figues, pastèques.

— Shhhucculent, articule péniblement Moulik qui a la bouche
pleine.

— Mmm, mmm, approuve Égal
en suçant ses doigts qui dégouli-
nent de jus.

Kazouk, qui connaît les bonnes
manières et ne parle pas en man-
geant, se contente de hocher la tête
en signe d'approbation. Puis elle
pousse un gros soupir.

Moulik, surpris, regarde son amie
et lui demande:

— Qu'est-ce qui t'arrive, Kazouk?
Tu n'as pas dit un mot de toute la
journée. Tu ne t'amuses pas?

— Je m'ennuie, se plaint-elle.

— De quoi? lance Égal.

— De papa. Il est parti dans le
désert depuis trois semaines. Il paraît
qu'il cherche le repaire d'Abdoul et de
ses brigands.

Pour la consoler, Égal se lève et
imite un homme se battant à l'épée,
tout en lui disant:

— Ne t'inquiète pas. Ton père, le
redoutable Fimo, chasseur de bandits, de filous, de gredins et autres
chenapans de cette espèce, sera de
retour dans une semaine.

— Dans une longue semaine, soupire Kazouk.

Moulik ouvre la bouche pour lui

dire quelque chose de gentil, mais tout à coup le pavillon est envahi par plusieurs hommes transportant des objets divers.

Moulik reconnaît l'un d'eux. C'est Nagui, l'intendant du calife, celui qui gère son trésor. Il doit s'occuper des économies et des dépenses, mais en réalité il n'est qu'une moitié d'intendant car il y a déjà quelqu'un qui veille attentivement

sur l'argent du calife, qui le compte régulièrement sou par sou : Ali-Boulouf, le grand argentier. Il ne lui reste donc qu'une seule tâche, débourser. C'est-à-dire être responsable de tous les achats nécessaires pour le palais. C'est pour cela que le calife le nomme son grand acheteur.

— Je suis désolé de vous déranger, les enfants, dit Nagui, mais vous allez devoir jouer ailleurs. Nous avons besoin du pavillon.

— Pourquoi? demande Kazouk.

— Parce que c'est le seul endroit disponible.

— Disponible pour faire quoi? demande Égal.

— Pour ranger toutes ces choses, fait Nagui en montrant d'un grand geste de la main ce que les autres hommes transportent.

Les jeunes ouvrent de grands yeux ébahis. Un des hommes empile dans un coin des rideaux aux motifs fleuris. Un autre dépose le long du mur des tringles de bois, des patères. Un troisième marche à tâtons, le visage enfoui dans des coussins qu'il tient à bout de bras. Il pose le pied dans le plateau de fruits, vide et visqueux. Il glisse et s'étale de tout son long sur le plancher. Heureusement, les coussins ont amorti sa chute.

Les enfants pouffent de rire, mais l'homme leur lance un regard sévère. Pour se faire pardonner, ils l'aident à ramasser les coussins et les placent près du mur.

— Apportez cela par ici, lance Nagui aux deux premiers hommes qui poussent un char rouillé au milieu de la pièce.

Bientôt, le pavillon est rempli d'objets hétéroclites. Moulik compte trois chars en piteux état, autant de tonneaux vides, cinq petites tables basses, une dizaine de poufs usés, des piles de rideaux fripés, des coussins déformés et un tas d'autres accessoires plus ou moins défraîchis.

— D'où viennent toutes ces choses? demande-t-il à Nagui.

— Mais du palais, répond le grand acheteur. Tout cela appartient au calife.

— Pourquoi les place-t-il ici? questionne Kazouk. Il ne s'en sert pas?

— Non, il n'en a plus besoin, explique Nagui. Dernièrement, j'ai fait décorer le palais à neuf et j'ai acheté de nouveaux chars car les anciens commençaient à être trop usés. Ils devenaient dangereux. En attendant de savoir ce que l'on va faire avec ces objets usagés, je les remise ici.

Il jette un coup d'œil à l'extérieur, puis demande à ses hommes:

— C'est tout?

— Nous avons terminé le déménagement, répond l'un d'eux.

— Parfait! Vous pouvez retourner à vos postes, ordonne le grand acheteur.

Puis s'adressant aux enfants :

— Soyez sages et ne touchez à rien. Vous devriez aller vous amuser ailleurs.

Il quitte aussitôt les trois jeunes. Égal demande alors :

— Bon, maintenant, à quoi jouons-nous ?

— À cache-cache, suggère Kazouk.

— Non, j'ai une meilleure idée, dit Moulik.

— Laquelle ? demandent en chœur ses deux amis.

Pour toute réponse, il éclate de rire et lance :

— Suivez-moi, vous verrez bien.

Il court vers le palais, suivi de près par Kazouk et Égal.

L'idée de Moulik

Les trois enfants entrent dans le petit salon où travaille Ali-Boulouf. Penché au-dessus d'une longue table, le grand argentier examine des papiers. Il secoue la tête d'un air triste et murmure lentement :

— Quel gâchis! Pourquoi faut-il que le calife dépense ainsi tout son argent?

— Qu'y a-t-il, mon oncle? demande Moulik.

— Il y a, mon neveu, que le demi-intendant a convaincu le calife d'embellir son palais en achetant de nouveaux meubles, rideaux et autres accessoires inutiles. Il lui a même commandé de nouveaux chars sous prétexte que les anciens étaient usés.

— C'est vrai qu'ils sont usés, lui dit Égal. Nous venons de les voir et ils sont en mauvais état.

— Deux ou trois petites réparations et ils auraient été comme neufs, réplique Ali-Boulouf.

— Ce n'est pas une mauvaise idée de rénover la décoration du palais, dit Kazouk. Ça le rajeunit.

— Rajeunit… rajeunit! s'exclame Ali-Boulouf d'un ton rageur. Dis plutôt que cela gruge la fortune du calife. Il court à sa perte.

Les trois jeunes se regardent en

souriant. Ils connaissent bien le grand argentier et savent qu'il est un peu avare. Les dépenses du calife ne sont pas si exagérées que cela. Seulement, Ali-Boulouf n'aime pas débourser de l'argent pour n'importe quelle raison.

Moulik s'approche de son oncle et lui dit:

— Vous avez sans doute raison, on ne devrait jamais gaspiller. Cela me donne une idée. Maintenant que les achats du calife sont effectués, on ne peut pas revenir en arrière et tout renvoyer aux marchands, n'est-ce pas?

— Malheureusement, non, soupire son oncle.

— Mais on peut peut-être faire quelque chose avec les objets usagés, poursuit Moulik. On ne va quand même pas les brûler?

— Le calife a dit qu'il ne les voulait plus et que nous pouvions les donner à qui en ferait la demande, explique Ali-Boulouf.

— Alors, ça veut dire que je peux prendre ce que je désire parmi tout ce qui est dans le petit pavillon ? s'écrie Moulik.

— Mais bien sûr, mon garçon, bien sûr. Dresse d'abord une liste des objets que tu veux utiliser.

Moulik lance un cri de joie, remercie son oncle et écrit en vitesse quelques mots sur un parchemin. Ali-Boulouf examine le papier et y appose le sceau officiel du calife.

— Mon cher neveu, tout est en règle.

Moulik entraîne aussitôt ses deux amis à l'extérieur du palais. Kazouk et Égal le suivent sans trop comprendre ce qu'il veut faire.

— Explique-nous pourquoi tu as demandé cela à ton oncle ? lui demande Kazouk.

— Nous allons construire un vaisseau ! répond-il.

— Un quoi ? s'exclament ensemble Kazouk et Égal.

— Un vaisseau, pour parcourir le désert, précise Moulik.

— Mais un bateau, ça n'avance pas sur le sable, objecte Kazouk.

— Si on le met sur de bonnes roues et qu'on le munit d'une grande voile, il devrait fonctionner, affirme Moulik.

— Un voilier du désert, dit Égal, c'est une idée formidable !

— Avec ce voilier, ajoute Moulik, nous pourrons rejoindre Fimo dans le désert.

Kazouk saute de joie et tous les trois courent vers le pavillon. Ils décident de mettre leur plan à exécution sans perdre un instant.

Bon voyage!

Les yeux remplis d'admiration et de fierté, Moulik, Kazouk et Égal contemplent leur œuvre : le voilier des sables.

Ils ont disposé trois chars en triangle et les ont reliés entre eux avec des dessus de tables. Toutes les roues ont été remplacées par des tonneaux fixés aux essieux. De grands rideaux fleuris servent de

voile et une tringle de bois s'est transformée en mât. Le gouvernail est fabriqué avec un volet de fenêtre.

Dans chacun des chars, ils ont installé des coussins pour leur confort. Des sacs de toile y sont aussi attachés afin de transporter de la nourriture, des outils et tous les objets dont ils pourraient avoir besoin durant le voyage.

Ils ont l'intention de traverser le désert, jusqu'à l'oasis de Raftala. C'est le dernier endroit que doit visiter Fimo lors de ses recherches des fameux bandits. C'est un long voyage de plusieurs jours, mais Kazouk connaît bien le chemin. Son père l'a souvent emmenée avec lui à dos de dromadaire.

Avec la permission de leurs parents, ils partent ce matin même, dès qu'Ali-Boulouf sera venu vérifier si tout est en bon état de marche. Le voilà justement qui arrive.

— Magnifique! Vous avez fait du beau travail, leur dit-il. Ça me semble parfait. Les roues sont bien fixées. La voile est solide. Vos jarres sont pleines d'eau et vous avez suffisamment de nourriture pour une semaine.

— Soyez sans crainte, mon oncle, dit Moulik, nous n'avons rien oublié et nous serons de retour dans une semaine. C'est promis.

— J'ai avec moi une carte du désert que mon père m'a laissée, dit Kazouk. Il y a tracé la route qu'il doit suivre.

— Dans ce cas, je n'ai plus qu'à vous souhaiter bon voyage. Mais soyez tout de même prudents, les enfants.

— Ne vous inquiétez pas, ajoute Égal en bombant le torse pour se donner de l'importance, je veille sur eux.

Moulik s'installe à l'avant du voilier, Kazouk grimpe en arrière à gauche et Égal prend place à droite. Tandis qu'Égal tire sur une corde pour décrocher une patère plantée dans le sable en guise d'ancre et que Kazouk s'occupe du gouvernail, Moulik vérifie la direction du vent avec son doigt mouillé pointé vers le ciel.

Puis il hisse la voile que le vent gonfle aussitôt et le vaisseau improvisé roule doucement sur le sable.

— Bravo! Hourra! Ça marche, crient en chœur les jeunes.

Ali-Boulouf les salue de la main. La traversée du désert commence.

Affamés

Les enfants entonnent à tue-tête :

— *En voilier, nous partirons,
partirons, partirons;
En voilier, nous partirons si le
vent est bon.
Sur le sable du désert, nous
voguerons, voguerons.
Sur la dune, nous échouerons s'il
n'est pas bon.*

Il rient, chantent et s'amusent beaucoup. Un bon vent doux et chaud les pousse allègrement entre les buttes de sable. Moulik monte sur un petit marchepied installé à l'avant du navire. Il scrute l'horizon et s'écrie:

— Oasis à bâbord! Kazouk, change de cap, nous allons faire escale pour manger.

— Bonne idée, lance Égal. J'ai l'estomac dans les talons.

— Moi aussi, j'ai faim, avoue Kazouk.

Elle pousse le gouvernail et le voilier tourne à gauche. Au détour d'une dune de sable, un buisson de figuiers apparaît. Égal jette l'ancre et tout le monde débarque.

Comme il est bon de courir, après plusieurs heures assis dans le petit navire. Égal propose un jeu.

— Touché! crie-t-il en donnant une petite tape dans le dos de Moulik.

Celui-ci se retourne pour lui rendre la pareille, mais son ami s'est déjà sauvé en riant. Il court alors après Kazouk. Leur petit jeu de poursuite à trois dure un certain temps. Finalement, Moulik s'assoit près d'un point d'eau pour se désaltérer.

Ses deux amis continuent leur course folle. Il les voit disparaître un moment derrière une dune. Mais que se passe-t-il? Ils reviennent à toutes jambes et se réfugient sous le voilier. Moulik, intrigué, s'approche d'eux et leur demande:

— Avec qui jouez-vous à cache-cache?

— Aaa... avec eux, bégaie Kazouk en pointant du doigt trois chacals qui avancent dans leur direction.

— Ils vont nous dévorer, s'écrie Égal.

— Euh! Euh! Non, je ne les laisserai pas faire, murmure Moulik sans trop de conviction.

Les bêtes sauvages s'approchent de plus en plus. Elles grognent et montrent les dents. Elles ont l'air terribles. Moulik a soudain une idée. Il saute dans le voilier, fouille dans le panier à provisions et en sort trois fruits rouges qu'il lance aux animaux affamés.

Les chacals les attrapent au vol et les gobent aussitôt. Soudain, ils se mettent à crier d'une façon bizarre, se tordent par terre, se frottent le museau dans le sable et courent dans tous les sens. C'est à croire qu'ils sont devenus fous. Ils filent enfin à travers le désert.

Kazouk et Égal sont stupéfaits.

— Qu'est-ce que tu leur as donné, pour qu'ils déguerpissent ainsi ? demandent-ils.

Moulik sourit et leur montre un autre fruit rouge:

— C'est du piment fort. Je crois qu'ils n'aiment pas la nourriture trop épicée.

— Ces chacals n'ont pas de goût, s'exclame Égal. Moi, je le veux ton piment. J'ai faim!

Ses amis rient de bon cœur devant sa gloutonnerie. Mais eux aussi sentent des tiraillements dans leur estomac. Ils se préparent donc un bon repas composé de fruits, de viande séchée et de pain. Puis, enroulés dans de chaudes couvertures, ils s'étendent pour passer la nuit à la belle étoile.

Une terrible tempête

Cela fait déjà deux jours et deux nuits que Moulik et ses amis sont partis. Il fait toujours aussi beau et chaud. Mais aujourd'hui, il vente un peu plus fort que d'habitude. Le voilier roule à vive allure sur le sable brûlant. Moulik a parfois de la difficulté à maintenir la voile dans la bonne voie.

Égal et Kazouk se cramponnent

à la barre du gouvernail. Mais le voilier fait des embardées, bondit à droite, dévie vers la gauche.

— Moulik ! crie soudain Égal, regarde à tribord.

Le jeune garçon tourne la tête à droite et aperçoit de gros nuages noirs rouler dans le ciel en leur direction.

— Une tempête, s'écrie Kazouk, c'est une tempête de sable !

— Vite, il faut se protéger, lance Moulik.

Il baisse aussitôt sa voile. Aidé de ses amis, il retire ensuite le mât et enroule la voile autour.

Kazouk suggère :

— Si nous tournions le voilier sens dessus dessous, nous pourrions nous abriter à l'intérieur.

Les deux garçons approuvent et, d'un même effort, ils basculent le navire. Égal plante l'ancre dans le sable aussi solidement qu'il le peut.

Le vent se fait de plus en plus violent et soulève des gerbes de sable qui les font presque s'étouffer.

— Cachons-nous avant qu'il ne soit trop tard, ordonne Moulik.

Les trois enfants se blottissent sous le vaisseau. Ils se serrent l'un contre l'autre et s'enveloppent d'une grande couverture.

Ils entendent le vent rugir au-dessus d'eux. Des bourrasques de sable frappent le navire qui risque à tout moment de s'envoler sous ces poussées subites. Puis un sourd crépitement résonne au-dessus de leur tête, on dirait une pluie de sable. Les enfants ont chaud et respirent péniblement. Mais ils ont tellement peur qu'ils ne songent pas à se plaindre. Ils tremblent et attendent que la tempête soit passée. Enfin, le mugissement du vent se change en une douce complainte.

Prudemment, ils soulèvent la couverture. Mais, à leur grand étonnement, ils ne voient rien. C'est le noir complet. L'entrée du voilier est complètement bouchée par le sable. Avec leurs mains, ils creusent un passage pour pouvoir sortir.

Ils se glissent tous les trois dehors. Le vent est tombé, tout est redevenu calme.

— Le voilier, il a disparu! s'écrie soudain Kazouk.

— Mais non, dit Égal, il est seulement enlisé dans le sable. Il faut le tirer de là.

Pendant de longues minutes, ils

creusent dans le sable et parviennent à libérer une des roues du navire. Ils continuent leur travail, mais Moulik tout en sueur leur dit:

— Il y a beaucoup trop de sable, nous n'y arriverons jamais de cette façon. Il nous faudrait des pelles.

— Tu as raison, souffle Kazouk. C'est trop difficile et puis j'ai très soif, moi.

Égal retourne à l'intérieur du voilier par le petit passage déjà creusé. Kazouk et Moulik l'entendent soudain gémir.

— Égal! Égal! lui crie Moulik. T'es-tu fait mal? Réponds! Qu'est-ce que tu as?

— Oh! malheur sur nous, se lamente Égal en rampant hors du voilier.

Il montre à ses amis des morceaux de jarre d'eau.

— Je suis désolé, mais je l'ai brisée, dit-il d'une voix piteuse, et les deux autres sont vides. Nous n'avons plus d'eau.

— Qu'allons-nous faire? demande Kazouk.

— Nous n'avons pas le choix, répond Moulik. Il faut trouver une oasis. Kazouk, as-tu la carte du désert?

— Oui, la voici.

Elle sort une feuille de sa poche, la déplie et l'étend sur le sable devant elle. Les trois amis se penchent sur le plan.

— Nous sommes ici, dit Kazouk, et l'oasis la plus proche est là. Heureusement, ce n'est pas tellement loin.

— Allons-y! lance Moulik.

Une rencontre inattendue

Ils marchent déjà depuis près d'une heure quand enfin ils aperçoivent de grands cocotiers s'étirer dans le ciel.

— Hourra! Hourra! crient-ils en se précipitant vers le point d'eau.

Les pauvres enfants ont tellement soif qu'ils boivent, boivent et boivent durant de longues minutes. Une fois désaltérés, ils s'étendent par terre pour se reposer un peu de leur fatigue et de leurs émotions.

Ils contemplent paisiblement l'endroit où ils se trouvent. Ils sont entourés de magnifiques arbres chargés de fruits : des dattiers, des cocotiers, des mandariniers. Il y a aussi des abricotiers aux fleurs blanches et des buissons de grenadiers rouges de fruits.

— Comme c'est beau ! murmure Kazouk.

Elle se lève, s'approche d'un massif fleuri et respire le doux parfum des jasmins et des orchidées.

— C'est tout de même étonnant de retrouver un endroit aussi merveilleux au milieu du désert, dit-elle.

— C'est surtout tant mieux, riposte Moulik. Ça va nous permettre de manger quelque chose.

Sans plus attendre, il grimpe à un arbre et cueille quelques mandarines qu'il lance à Égal. Puis il descend et recommence le même manège au haut d'un dattier.

Avec les grenades rouges que Kazouk a recueillies parmi les buissons de grenadiers, ils se font un véritable festin. Ils s'éloignent ensuite du point d'eau et s'installent confortablement à l'ombre des grands arbres pour un bon somme.

Kazouk s'étire, se roule en boule, tourne d'un côté, tourne de l'autre. Rien à faire, elle ne parvient pas à dormir avec ce bruit.

— Égal, dit-elle, arrête de ronfler.

— Je ne ronfle pas, répond-il, insulté. C'est Moulik qui fait tout ce vacarme.

— Ce n'est pas vrai, se défend Moulik, je ne dors même pas.

Les trois enfants se redressent alors d'un seul coup et se regardent d'un air inquiet. Si ce n'est pas eux, c'est qui?

— Ça vient de ce côté, chuchote Kazouk en pointant du doigt une grosse roche.

Moulik s'approche et voit de grandes feuilles de palmier posées par terre. Les feuilles frémissent en accord avec les ronflements. Il soulève doucement une tige et jette un coup d'œil à ce qu'il y a dessous. Il ouvre grand la bouche pour lancer un cri mais se retient de justesse. Sa surprise est telle qu'il laisse retomber lourdement la feuille.

— Par la barbe du calife, fulmine aussitôt une voix terrible sous les palmes, qui a fait cela? Qui a osé réveiller Abdoul, le chef des brigands?

Moulik pivote sur lui-même et tente de s'enfuir. Mais il bute contre d'autres branches de palmier qui se mettent elles aussi à bouger. Le jeune garçon est entouré de larges feuilles cachant des hommes, des bandits qui se lèvent, l'air furieux. Ils sont environ une dizaine.

L'un d'eux l'empoigne par sa tunique, le soulève de terre et lui dit :

— Qui es-tu, petit vermisseau ? J'ai l'impression que je t'ai déjà vu quelque part.

— Ja... jamais, bégaie Moulik. On ne s'est jamais rencontrés avant.

— Alors que veux-tu ? vocifère le bandit en le secouant comme un tapis.

— Rien de... de spécial, monsieur, répond le garçon. Nous ne faisions que pa... passer ici, pa... par hasard.

— Nous? s'écrie Abdoul.

Le chef des brigands aperçoit alors les deux compagnons de Moulik et ordonne à ses hommes d'aller les chercher. Kazouk et Égal n'ont pas du tout l'intention de se laisser faire et se sauvent chacun de leur côté.

Égal grimpe à un cocotier et lance des noix de coco à la tête de ses poursuivants en criant:

— Attention à vos têtes de noix, elles sont des cibles parfaites pour mes cocos-bombes. Hourra! fait-il en atteignant un bandit. Un à zéro pour moi!

Kazouk, pour sa part, court vers le point d'eau avec un brigand à ses trousses. Au moment où il va la saisir, elle se range à gauche et lui fait un croc-en-jambe. Le vilain bon-

homme culbute tête première dans l'eau.

Encouragé par l'attitude de ses amis, Moulik flanque un vigoureux coup de pied dans l'estomac du bandit qui le retient. Celui-ci lâche prise aussitôt. Vif comme l'éclair, le garçon file vers un dattier et y grimpe. Imitant Égal, il lance des dattes qui s'écrasent avec des "plocs" juteux sur le crâne des assaillants.

Kazouk s'est remise à courir de toutes ses forces, cherchant à échapper à deux malfaiteurs qui la talonnent. Plus petite et plus agile qu'eux, elle se faufile habilement entre les arbrisseaux. Mais de l'autre côté, elle se heurte le nez sur le ventre rebondi du chef des brigands qui l'attrape par le collet.

Soudain, Moulik lance un grand cri du haut de son arbre:

— Les gardes du calife! Je vois les gardes du calife qui viennent par ici!

— Qu'est-ce que tu inventes là, petit menteur? gueule Abdoul. Ils ne se montrent jamais dans ce secteur. Pourquoi viendraient-ils, aujourd'hui?

— Parce que le calife doit venir faire un pique-nique dans cette oasis, cet après-midi, ment Kazouk. Les gardes ont reçu l'ordre de faire un grand ménage. Ils doivent mettre à la poubelle tous les bandits qu'ils rencontreront. Euh... pardon, je veux dire les mettre en prison. Je le sais, c'est mon papa, le chef des gardes qui me l'a dit.

— Ton papa? répète Abdoul, stupéfait.

— Oui, répond la fillette, Fimo est mon papa.

Abdoul devient blanc comme un drap et tremble comme une feuille au vent. Il se tourne vers ses hommes et hurle :

— Sauve qui peut !

Les brigands s'enfuient dans le tohu-bohu le plus total. Certains courent à droite, d'autres se précipitent à gauche et les derniers filent droit devant eux. Abdoul entraîne la petite fille avec lui. Mais elle se débat et lui mord la main. Il pousse un cri de douleur et la lâche. Moulik, du haut de son arbre, lance des dattes à Abdoul qui en perd son turban.

En quelques minutes, tous les bandits disparaissent dans la nature sans laisser aucune trace derrière eux. Aucune ? Non, Kazouk ramasse le turban d'Abdoul et le déroule d'un geste machinal. Étonnée, elle aperçoit sur la longue bande de tissu des signes, des dessins et des mots qui y sont inscrits.

Au même instant, montés sur de magnifiques dromadaires, arrivent les gardes du calife avec, à leur tête, Fimo, le père de Kazouk.

Le plan

À peine Fimo est-il descendu de son dromadaire que les trois enfants l'entourent en criant des bravos et des hourras.

— Vous arrivez juste à temps, lui dit Égal. Quelques minutes de plus et Abdoul s'emparait de Kazouk.

— Abdoul? s'étonne Fimo, Abdoul était ici?

— Oui, papa, répond Kazouk. Je crois que cette oasis lui sert de repaire à lui et à ses bandits. Nous les avons trouvés endormis sous des feuilles de palmier. Ils se sont sauvés en vous voyant venir.

Le chef des gardes du calife ordonne aussitôt à ses hommes de rechercher les brigands. Mais les soldats ont beau fouiller les buissons des alentours, ils reviennent bredouilles. Les malfaiteurs savent très bien se dissimuler dans le désert.

Fimo demande aux enfants ce qu'ils sont venus faire dans cette oasis. Les jeunes lui racontent alors leur voyage sur le voilier des sables, et leur rencontre avec Abdoul.

— C'est toute une aventure que celle-là, s'exclame Fimo après les avoir écoutés. Félicitations ! Vous êtes très débrouillards. Vous êtes aussi habiles que mes hommes.

— Ce n'est pas tout, regarde ma trouvaille, ajoute Kazouk en exhibant son trophée de chasse. C'est le turban d'Abdoul. On dirait qu'il y a un plan d'inscrit dessus.

— Fantastique, murmure Fimo en examinant la longue bande de tissu. Avec ça, je vais enfin pouvoir lui mettre la main au collet. Encore bravo, les enfants, vous êtes des champions!

Les enfants sont rouges de plaisir et de fierté en entendant un tel compliment.

Moulik demande tout à coup à Fimo:

— Comment se fait-il que vous soyez venu dans cette oasis? Vous étiez à la recherche des bandits?

— Pas tout à fait, répond l'homme. Je ne pensais pas les trouver dans les parages, aussi près de la ville. En réalité, je ne cherchais que de l'eau pour mes dromadaires. La tempête de sable leur a donné soif. Si j'avais su que vous étiez pris dans cette tempête, j'aurais été bourré d'inquiétude et nous serions venus à votre rescousse plus tôt.

— Nous allons très bien, papa, le rassure Kazouk. Nous nous débrouillons. Seulement...

— Seulement, quoi ? interroge son père.

— Seulement, répond Égal, ça nous rendrait bien service si vous pouviez nous aider à déterrer notre voilier.

Fimo éclate de rire devant l'air désemparé des enfants et leur dit :

— Aucun problème ! Montez avec nous sur les dromadaires.

Kazouk consulte sa carte du désert et indique à son père l'endroit où, quelques heures auparavant, ils ont dû abandonner leur voilier recouvert de sable. Le groupe a tôt fait de le retrouver et, avec l'aide des gardes qui utilisent leurs gamelles en guise de pelles, le navire est remis rapidement en état de marche.

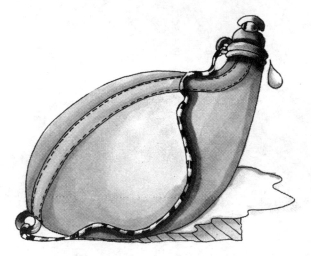

Les enfants se consultent et décident de rentrer au palais. Les gardes du calife ne reviendront pas avec eux, car ils doivent continuer leurs recherches pour tenter de découvrir où se cachent Abdoul et sa bande. Fimo leur donne une gourde pleine d'eau, puis on se quitte en se souhaitant mutuellement bonne chance.

Une agréable surprise

Moulik, Kazouk et Égal attendent dans l'antichambre du salon du calife. Ils sont revenus de leur voyage dans le désert depuis quelques jours seulement. Leur retour s'est effectué sans incident.

Fimo aussi est revenu, mais il n'a pas été aussi chanceux. Il n'a pas réussi à dénicher les brigands. En ce moment, le chef des gardes est en audience privée avec le calife, Ali-Boulouf et Nagui.

La porte du grand salon s'ouvre enfin et les enfants voient apparaître le calife et sa suite qui s'avancent d'un pas cadencé et solennel jusqu'au centre de la pièce.

— Mes chers enfants, dit alors le calife, je suis vraiment très heureux de vous retrouver sains et saufs. On m'a raconté votre aventure dans le désert. Félicitations pour tout ce que vous avez réussi : la construction de ce vaisseau, votre courage face aux chacals et à la tempête de sable et finalement votre lutte contre les brigands. Bravo ! Bravo !

— Merci, votre Altesse, disent ensemble les trois jeunes.

— Mais il nous semble, ajoute Moulik, que nous n'avons rien fait de si extraordinaire.

— Mais si, au contraire, lui explique le calife, vous nous avez mis sur la piste des plus terribles bandits de mon royaume. Le plan sur le turban d'Abdoul indique tous les endroits qu'ils ont l'intention de cambrioler. Grâce à cela, j'ai la certitude que nous pourrons bientôt les arrêter. Bon, maintenant, il y a une petite surprise pour vous que mon grand acheteur Nagui se chargera de vous remettre. Au revoir, les enfants !

Tous s'inclinent devant le calife qui regagne son salon. Puis, Nagui s'approche des jeunes et dit :

— Durant votre absence, le calife a fait l'acquisition d'un bébé dromadaire qu'il veut entraîner spécialement pour des courses de dromadaires. Pour vous récompenser de l'aide que vous nous avez apportée, le calife vous nomme responsables du dressage et de la surveillance de cette jeune bête.

— Youppi ! crient les enfants d'une seule voix.

Ils rient, sautent de joie et tapent des mains. Le calife n'a pas à s'inquiéter, les jeunes prendront bien soin du petit dromadaire. Ce qui ne les empêchera pas de faire, à l'occasion, de petites promenades au désert dans leur voilier, accompagnés du dromadaire, bien sûr !

Table des matières

Un mot sur l'illustratrice

Roxane Paradis illustre avec passion et sous le trait de l'humour des livres pour la jeunesse et des manuels scolaires. Autodidacte, elle met sur le marché en 1984 une imposante collection de cartes de souhaits et d'affiches mettant en relief les scènes de la vie quotidienne vues par un chat humoristique.

collection libellule

À partir de 7 ans…

La collection Libellule te propose des petits romans palpitants écrits par des auteurs qui connaissent bien les jeunes. On y trouve des personnages attachants qui évoluent dans des situations où l'humour et la joie de vivre sont toujours présents.

Les petites feuilles placées devant chaque titre indiquent le degré de difficulté du livre.

🌿 lecture facile
🌿🌿 lecture moins facile

Bonne lecture!

Cécile Gagnon

CÉCILE GAGNON

collection libellule

À partir de 7 ans
As-tu lu les livres de la collection Libellule ? Ce sont des petits romans palpitants. Ils sont SUPER ! Si tu veux bien t'amuser en lisant, choisis parmi ces titres.

Les oreilles en fleur
Lucie Cusson
Pour échapper à ses problèmes, Simone s'enfuit dans la nuit avec une amie très «spéciale».

La pendule qui retardait
Marie-Andrée et Daniel Mativat
Qu'arrivera-t-il à cette pendule qui retarde d'une minute quand elle apprendra que le sort du monde est lié à chacun de ses tics et de ses tacs ?

Les sandales d'Ali-Boulouf
Susanne Julien
Ali-Boulouf porte des sandales qui le mettent dans un drôle de pétrin. Moulik, gamin plein d'astuce et de débrouillardise sauvera-t-il son oncle de la prison ?

Le lutin du téléphone
Marie-Andrée et Daniel Mativat
Viremaboul est un maître en farces et attrapes. Dans son logis, au creux d'un sapin, il mène une existence agréable jusqu'au jour où…

collection libellule

Le bulldozer amoureux
Marie-Andrée Boucher Mativat

Cinq tonnes de muscles d'acier, la force de soixante chevaux, rien ne résiste à Brutus. Pourtant, un soir d'été…

Nu comme un ver
Daniel Wood

Simon découvre que la marée a emporté ses vêtements. Comment va-t-il parvenir à rentrer tout nu chez lui à l'autre bout de la ville ?

L'ascenseur d'Adrien
Cécile Gagnon

L'opérateur de l'ascenseur et le portier d'un vieil hôtel sont mis à la porte. Mélanie et Ange-Aimé vont former avec eux la plus sympathique des entreprises de recyclage.

La sorcière qui avait peur
Alice Low

Ida, la petite sorcière, est désespérée : elle ne réussit pas à faire peur. Heureusement, un gentil fantôme vient à sa rescousse.

Barbotte et Léopold
Pierre Roy

Un petit garçon plein d'affection pour son grand-père nous offre un coup d'oeil décapant sur l'univers des personnes âgées et malades.

collection libellule

Moi, j'ai rendez-vous avec Daphné
Cécile Gagnon

Voici la courte biographie d'un chat ordinaire. Il partage le logis de Noémie qui lutte avec détermination pour devenir écrivaine.

Un fantôme à bicyclette
Gilles Gagnon

Jasmine est propriétaire d'une bicyclette. Avec son ami Tom-Tom elle tente de déjouer les mystifications de l'étrange « fantômus bicyclettus ».

GroZoeil mène la danse
Cécile Gagnon

Un épisode de la vie mouvementée des chats danseurs : Daphné et GroZoeil. Cette fois, ils deviennent les vedettes d'une campagne de publicité.

Moulik et le voilier des sables
Susanne Julien

Moulik et ses amis construisent un drôle de voilier. Comment se terminera leur voyage dans le désert et leur visite d'une oasis ?

Kakiwahou
A. P. Campbell

Voici l'histoire d'un petit Amérindien qui vit sur les bords de la Miramichi. Il ressemble à tous les autres sauf… pour sa façon de marcher.

collection libellule

La course au bout de la terre
Louise-Michelle Sauriol

En Alaska, c'est la grande course de chiens de traîneau. Près de 2 000 km à franchir. Yaani se lance à l'aventure avec ses huit chiens esquimaux. Quel défi !

Où est passé Inouk ?
Marie-Andrée Boucher Mativat

François et Sophie partent à la pêche sur la glace. Mais ils n'y vont pas seuls. Ils décident d'emmener leur chien, Inouk. Est-ce vraiment une bonne idée ?

Une lettre dans la tempête
Cécile Gagnon

En plein hiver, à Havre Aubert, aux Îles-de-la-Madeleine, le câble télégraphique qui relie les îles au continent se casse. Comment faire parvenir un message important quand on est coupé de tout ?

Mademoiselle Zoé
Marie-Andrée et Daniel Mativat

Une maladresse de son maître, l'émir Rachid Aboul Amitt, force Zoé à quitter son pays, le Rutabaga, pour aller vivre en Fanfaronie. S'adaptera-t-elle à sa nouvelle existence ?

Un chameau pour maman
Lucie Bergeron

Pourquoi Nicolas a-t-il tant besoin d'un chameau pour sa mère ? Est-ce pour son cadeau d'anniversaire ? Ou parce qu'elle prépare une étude sur les animaux d'Afrique ? Et si c'était pour une autre raison…

 *collection libellule*

La planète Vitamine
Normand Gélinas

Fiou et Pok, les aides du professeur Minus débarquent sur la planète Vitamine. Un intrus a convaincu les tomates de recevoir un traitement aux engrais chimiques.

La grande catastrophe
Lucie Bergeron

La radio annonce que le réchauffement de la planète va atteindre son maximum. Comment Samuel et Étienne vont-ils empêcher leur fort de neige de se transformer en flaque d'eau ?

Une peur bleue
Marie-Andrée Boucher Mativat

Une grande chambre, un mobilier tout neuf, voilà des propositions emballantes. Pourtant, Julie a de bonnes raisons d'avoir peur d'aller coucher au sous-sol.

La sirène des mers de glace
Louise-Michelle Sauriol

Soudain la banquise craque. Yaani est emporté à la dérive. Il tombe au fond de l'océan. Son étoile magique, devenue étoile de mer, l'entraîne dans une aventure fantastique.

collection libellule

Dans la même collection

ACHEVÉ D'IMPRIMER
EN JANVIER 1994
SUR LES PRESSES DE
PAYETTE & SIMMS INC.
À SAINT-LAMBERT, P.Q.